Guía de lectura

Escrita por Dominique Coutant-Defer
Traducida por Paula Barnola

Dos años de vacaciones

de Julio Verne

ResumenExpress.com
GUÍA DE LECTURA
Cincuenta sombras de Grey
de E. L. James
GUÍA DE LECTURA

JULIO VERNE

NOVELISTA FRANCÉS

- **Nacido en 1828 en Nantes (Francia)**
- **Fallecido en 1905 en Amiens (Francia)**
- **Algunas de sus obras:**
  - *Viaje al centro de la Tierra* (1864), novela
  - *La vuelta al mundo en 80 días* (1873), novela
  - *La isla misteriosa* (1874), novela

Julio Verne, nacido en Nantes en 1828, cursa estudios de Derecho y a partir de 1852 publica una obra de teatro y algunos relatos. Entabla amistad con el aventurero Jacques Arago (autor y explorador francés) y conoce a otros exploradores y científicos. Su primera novela, *Cinco semanas en globo*(1863), conocerá un gran éxito. Es el principio de *Viajes extraordinarios,* que se compone de 18 relatos y 65 novelas, entre las que se encuentran *Viaje al centro de la Tierra* (1864), *Veinte mil leguas de viaje submarino* (1869), *La vuelta al mundo en 80 días* (1873), *La isla misteriosa* (1874), *Miguel Strogoff* (1876), etc. Estas obras, que están muy bien documentadas, mezclando aventuras, anticipación e imaginación, reflejan el interés del autor por los avances tecnológicos de su época y su gusto por los viajes.

En 1886, la muerte de su editor y amigo, Jules Hetzel, y la disminución de su interés por la ciencia, marcan un giro en su carrera. Muere en Amiens en 1905. Hoy en día es uno de los autores en lengua francesa que más se han traducido en el mundo.

DOS AÑOS DE VACACIONES

LA EPOPEYA DE UN «ROBINSON INTERNADO»

- **Género:** novela de aventuras
- **Edición de referencia:** Verne, Julio. 1994. *Dos años de vacaciones*. Traducido por Ana Piedad Jaramillo. Editado por Iván Hernández A. Santa Fe de Bogotá: Editorial Norma
- **Primera edición:** 1888
- **Temáticas:** naufragio, supervivencia, infancia, celos, exploración

La novela de aventuras *Dos años de vacaciones* fue publicada en 1888, primero en forma de folletín, después en volumen. Por primera vez, Julio Verne pone en escena a un grupo de niños solos. Atrapados en una isla tras el naufragio del barco en el que debían pasar sus vacaciones, deben luchar para sobrevivir y vencer los numerosos peligros que se les presentan.

RESUMEN

PREFACIO DEL AUTOR

Con *Dos años de vacaciones,* Julio Verne quiere añadir al linaje de los múltiples «Robinsones» que inundan la literatura juvenil «un internado de Robinsones» (Verne 1994, 166).

CAPÍTULO 1

El 9 de marzo de 1860, a las 23 horas, en el Pacífico Sur, un barco ligero, el Sloughi, es sacudido en una violenta tempestad. A bordo del mismo van una quincena de niños de entre 8 y 14 años y un perro. «¿Y no había ni un hombre en el bergantín? [...] No. ¡Ni uno!» (Verne 1994, 11). Tres de los niños tratan de gobernar el barco, pero el viento lo precipita hacia un arenal, no lejos de tierra, adonde una ola enorme les lleva finalmente.

CAPÍTULOS 2-3

Estos niños están internos en Auckland, en Nueva Zelanda. Se embarcaron en el Sloughi al inicio de sus vacaciones para llevar a cabo un viaje en el mar alrededor de la isla. Un estadounidense, Gordon, y dos franceses que son hermanos, Briant y Santiago, forman parte del grupo, junto con Moko, el grumete negro del barco.

Los niños y el grumete montaron en el barco el 14 de febrero por la noche, mientras que la tripulación debía llegar el día siguiente. Pero, durante la noche, las amarras se soltaron misteriosamente y un gran buque dañó desafortunadamente el Sloughi, que comenzó a derivar lentamente hasta esta tempestad del 9 de marzo.

CAPÍTULOS 4-6

Debido a que la costa no les protege, los niños se quedan en el barco. Tienen víveres para dos meses, armas y ropa. Briant descubre que están en una isla.

CAPÍTULOS 7-8

A principios de abril, cuando el tiempo es más benigno, cuatro de los niños y el perro, Phann, exploran la isla. Descubren un lago de agua dulce, así como una cabaña, un puente, un viejo pico y signos de cultura, revelándose así cierta presencia humana. La inscripción «FB 1807» está gravada sobre un árbol. Phann, muy agitado, les lleva a la entrada de una caverna que visiblemente ha estado habitada, ya que en ella descubren el diario de un francés, Francisco Baudoin, naufragado ahí cincuenta y tres años atrás. Los ladridos del perro les vuelven a llamar desde fuera: encuentran un esqueleto.

CAPÍTULOS 9-12

Lo entierran y deciden instalarse en la gruta,tras haberla agrandado cavando en la pared, y que bautizan como *French-den,* que significa «La cueva del francés». El 27 de mayo, los quince niños se instalan en su nuevo hábitat, donde encuentran incluso una segunda salida, que da al lago.

CAPÍTULO 13

Depositan su material en el nuevo local, al que bautizan como *store-room*. El mal tiempo les obliga a calentar el interior con estufas recuperadas del barco. Nieva y hace -12°C. Pero a pesar de las condiciones, el grupo se organiza: le ponen nombre a diferentes lugares de la isla, Gordon es elegido jefe de los «colonos de la isla Chairmann», tal y como la han bautizado, y establecen un programa de estudio, de descanso y de trabajo.

Un día, un juego un poco violento casi se convierte en batalla, pero Gordon interviene, lo que provoca los celos de Doniphan.

Desde finales de junio hasta el 9 de julio, la nieve impide todo desplazamiento; Doniphan, que es muy culto, les da entonces unas conferencias, pero su «orgullo echaba a perder todas sus brillantes cualidades» (Verne 1994, 177).

CAPÍTULOS 14-15

En octubre, los niños pueden salir de nuevo y aprovechan para explorar una nueva parte de la isla, donde capturan una cabra y sus dos cabritos, con los que ven la posibilidad de formar un futuro rebaño. Al día siguiente atrapan un guanaco, un tipo de caballo.

CAPÍTULOS 16-17

Los colonos celebran la Navidad en pleno verano, crían aves y hacen diversas cosechas. Gordon gestiona el grupo, ayudado por Briant, al que se le aprecia mucho. Pero Doniphan y otros tres chicos se enfrentan a menudo al francés, del cual están celosos.

Un día, Briant consigue hacer que su hermano confiese el pesado secreto por el que ha estado tan taciturno desde que salieron de Auckland.

CAPÍTULO 18

Los niños se preparan para un nuevo invierno.

Durante un juego, Doniphan acusa a Briant de haber hecho trampas y provoca un combate de boxeo, un deporte al que el francés no está tan acostumbrado como su camarada inglés. Gordon frena las hostilidades, pero el rencor de Doniphan permanece intacto, por lo que se teme una escisión en el grupo.

CAPÍTULO 19

En invierno, Briant es elegido jefe.

El 25 de agosto, mientras patinaban en el lago, Santiago se va a buscar a Doniphan y a Cross, desaparecidos en la niebla. Éstos vuelven sin Santiago. Cae la noche y Briant está muy inquieto, pero su hermano reaparece, seguido por dos osos. Los disparos de Doniphan hacen que los animales se alejen, y Briant le da las gracias. Sin embargo, Doniphan rechaza su apretón de manos.

CAPÍTULOS 20-21

Doniphan y sus tres camaradas deciden separarse del resto del grupo para instalarse en la otra orilla del lago. El 10 de octubre hacen un reconocimiento del terreno y avistan de lejos dos cuerpos al lado de una embarcación varada. Se desata una tormenta, por lo que deciden refugiarse y vuelven al día siguiente para enterrar los cuerpos, pero se sorprenden al constatar que estos han desaparecido. El barco varado, que lleva la inscripción *Severn-San Francisco*, está vacío.

CAPÍTULO 22

En *French-den,* los náufragos fabrican una cometa que podría verse desde bastante lejos. Además, descubren a una mujer muy débil, de unos cuarenta años, en el bosque. Se llama Kate Ready y se encontraba en un barco que había salido de San Francisco hacia Chile, que fue desviado por los miembros de la tripulación a fin de utilizarlo para la trata de negros. Mataron al capitán y obligaron al segundo de a bordo, Evans, a gobernar el barco. El buque tuvo que ser evacuado con motivo de un incendio. Todos los pasajeros, incluidos los malhechores, se dispersaron por diferentes sitios de la isla.

Briant se dirige a buscar a sus cuatro camaradas y mata a un jaguar que estaba atacando a Doniphan, el cual se reconcilia finalmente con él.

Los chicos abandonan sus exploraciones por miedo a encontrarse con los bandidos.

CAPÍTULOS 23-24

Los niños deciden utilizar su cometa, a la que han añadido una canasta, para sobrevolar la isla de noche. Santiago quiere llevar a cabo esta peligrosa misión: reconoce que fue él quien, a modo de juego, soltó las amarras en Auckland. Sus camaradas le perdonan, considerando los numerosos riesgos que ha corrido recientemente. Briant insiste en llevar a cabo la misión en lugar de su hermano. Pronto avista un fuego y un campamento. Cuando estaba volviendo, la cuerda de la cometa se rompe y Briant sale volando.

CAPÍTULOS 25-26

Los niños descubren poco a poco nuevos indicios de los malhechores. El 27 de noviembre, Evans, que ha podido huir de ellos, llega a la caverna e informa a los colonos de que los malhechores le han descubierto y se preparan para atacarlo.

CAPÍTULO 27

Los niños piensan en abandonar la isla reparando la lancha del Severn.

El 1 de diciembre, dos de los malhechores, presentándose como pobres náufragos del buque, les piden que les alojen en la caverna. En plena noche, cuando los dos bandidos se disponen a atacar a los niños, Evans, que estaba escondido con Kate, aparece repentinamente.

CAPÍTULOS 28

Hace prisionero a uno de los dos malhechores, mientras que el otro se da a la fuga. Evans y ocho de los jóvenes colonos, armados, deciden asaltar su campamento. Doniphan, queriendo defender a Briant de los ataques de un bandido, recibe un navajazo en pleno pecho.

CAPÍTULOS 29-30

Los niños consiguen hacer huir a los malhechores, los cuales se ahogan mientras tratan de alcanzar su bote. Doniphan se recupera y, el 5 de febrero de 1862, los colonos se embarcan a bordo de la lancha del Severn. Un gran buque que navega hacia Australia acosta la lancha y, pronto, los niños se reencuentran con sus familias.

Doniphan da conferencias sobre sus curiosas vacaciones: «a su regreso, los pequeños eran casi mayores, y los mayores casi unos hombres» (Verne 1994, 412).

ESTUDIO DE LOS PERSONAJES

Los niños «pertenecían todos a familias respetables, establecidas desde tiempo atrás en nueva Zelanda» (Verne 1994, 40). Están internos en Auckland, en un centro de educación inglesa en donde se unen el estudio y la práctica del deporte, y donde se promocionan valores como la valentía y la autonomía. Son quince, pero cuatro de ellos tienen un papel relevante en el relato.

DONIPHAN

Doniphan tiene 13 años al comienzo de la novela y pertenece a una familia de ricos terratenientes. Se distingue por su inteligencia y su gusto por el estudio. Además, «elegante y cuidadoso de su persona [es], indudablemente, el alumno más distinguido de todos» (Verne 1994, 38). Una cierta arrogancia aristocrática hace que le apoden como «lord Doniphan».

Es dominador, por lo que puede mostrarse violento. Esto le diferencia de Briant, de temperamento dulce y pacífico. A menudo entran en conflicto en la isla, pero acaban reconciliándose.

GORDON

Gordon es un huérfano estadounidense criado por su tutor, un antiguo agente consular. Tiene 14 años y «su figura y porte aparec[en] impregnados de una cierta rudeza muy yanqui» (Verne 1994, 40). Es menos brillante que Doniphan pero, sin embargo, está dotado de un gran sentido práctico, lo que hace que sus camaradas le nombren jefe principal, una tarea que lleva a cabo a la perfección.

BRIANT Y SANTIAGO

Briant y Santiago son los hijos de un ingeniero francés afincado desde hace poco en Nueva Zelanda.

El mayor, Briant, tiene 13 años. Es poco trabajador, pero su excelente memoria le eleva al primer rango, lo cual provoca los celos de Doniphan. Es poco meticuloso, pero es valiente y atento. Se muestra igualmente protector con su hermano y con los más jóvenes.

Su hermano es considerado antes del viaje como el alumno más travieso y bromista del internado. Sin embargo, se vuelve taciturno y cerrado en la isla, ya que no se perdona haber provocado el naufragio del barco al haber soltado las amarras, creyendo simplemente que se trataba de una broma más. Reconoce su error a los demás, que le perdonan por todos los riesgos que ha corrido en la isla.

CLAVES DE LECTURA

ESQUEMA ACTANCIAL

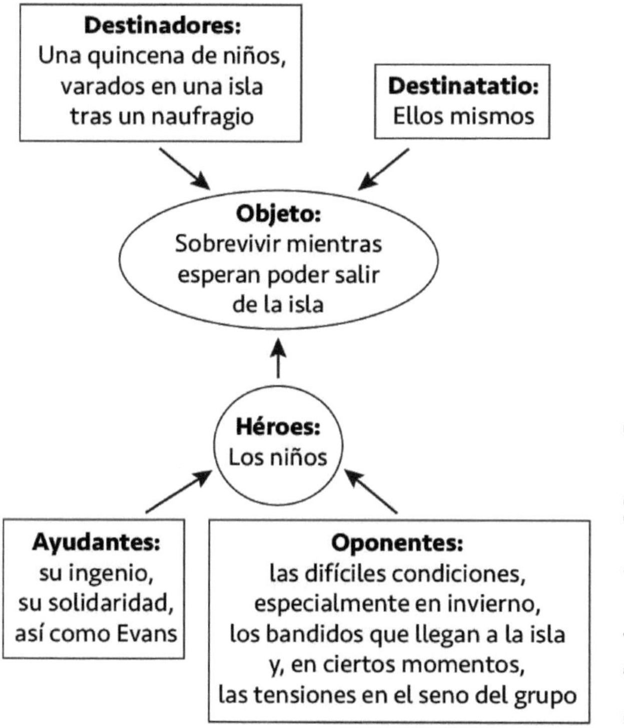

ESQUEMA NARRATIVO

Situación inicial: es el principio de la historia, el momento en el que se establece el decorado y se presenta a los personajes; la situación está equilibrada, es decir, no tiene ninguna razón para evolucionar.

- Una quincena de niños se disponen a hacer un viaje en barco alrededor de Nueva Zelanda.

Elemento perturbador: Es un acontecimiento que perturba la situación inicial y que va a desencadenar la historia propiamente dicha.

- La noche anterior a su partida, las amarras del barco se sueltan. El barco deriva y acaba varado en una isla.

Peripecias: son los acontecimientos provocados por el elemento perturbador y que desencadenan la o las acciones llevadas a cabo por el héroe para resolver el problema.

- Los niños descubren la isla, se instalan en una gruta y organizan su nueva vida. Eligen al jefe y exploran la isla, yendo cada vez más lejos. Un día, otro barco, el Severn, a cuyo mando están unos malhechores, naufraga en la isla. Los niños acogen a una de las pasajeras. A continuación, deberán protegerse de los bandidos, que se disponen a atacarles.

Desenlace: pone fin a las peripecias y conduce a la situación final.

- El segundo de abordo del Severn consigue escapar de los malhechores y pide asilo a los niños. Repara la lancha del barco, lo que le permitirá salir de la isla con los pequeños colonos.

Situación final: es el fin de la historia. La situación es estable de nuevo, al igual que en la situación inicial, pero habiendo sufrido algunas transformaciones.

- Los niños pueden por fin, tras dos años, reencontrarse con sus familias, que les creían muertos.

UNA NOVELA DE AVENTURAS

El género literario de la novela de aventuras, al cual pertenece *Dos años de vacaciones*, nace en la segunda mitad del siglo XIX, gracias al impulso de novelas como *Robinson Crusoe* de Daniel Defoe (1719). La producción de estas obras está esencialmente centrada en Inglaterra, con autores como Joseph Conrad (*Lord Jim*, 1900) o Robert Louis Stevenson (*La isla del tesoro*, 1883), y en Francia con Alejandro Dumas padre (*Los tres mosqueteros*, 1844; *El conde de Montecristo*, 1845) o Julio Verne. Se trata de una literatura popular que a menudo aparece en forma de folletín en los periódicos y que, ante todo, busca la distracción y la evasión del lector.

La novela de aventuras aúna las características siguientes, que encontramos igualmente en la obra estudiada:

- pone en escena numerosas y rocambolescas peripecias. Se pueden citar, a modo de ejemplo, los múltiples obstáculos que deben afrontar los jóvenes colonos: las difíciles condiciones climáticas, la necesidad de encontrar comida en la isla y de luchar contra los animales salvajes o, incluso, la dificultad para mantener la cohesión del grupo;

- el suspense se mantiene constantemente para motivar el interés del lector, gracias a numerosos imprevistos, lo que a veces genera una cierta ausencia de credibilidad. Los jóvenes chicos, una vez organizan su vida en la isla lo mejor que pueden, se encuentran con que tienen que afrontar la presencia de los náufragos malhechores. Los cadáveres desaparecen, encuentran en el bosque a una mujer desconocida, Evans consigue escaparse de los bandidos, etc.;
- hace referencia a una realidad exótica. La acción de la novela se sitúa en el hemisferio sur, donde las temperaturas son extremas y donde los chicos no conocen la fauna ni la flora. El lado salvaje e inhóspito de la isla, las estaciones a la inversa (los niños celebran la Navidad en verano) y el lago congelado habitado por osos contribuyen a reforzar esta impresión de desorientación;
- encontramos personajes tipo a menudo con una psicología básica. Los pequeños colonos, con caracteres fuertes, son ingeniosos y valientes, mientras que los malhechores se muestran tramposos y violentos;
- representa un mundo maniqueo. Se distingue claramente una oposición entre los buenos y los malos: los colonos, Evans y Kate, encarnan el bien, mientras que los bandidos, que han desviado el Severn para dedicarse a la trata de esclavos, representan el mal absoluto. Hay que destacar, sin embargo, que esta radical división tiene más matices que en muchas novelas de aventuras: de hecho, entre los niños, algunos se oponen a Briant y son, por ello, considerados como menos buenos;
- así pues, está destinado a un público de adolescentes. El mundo maniqueo de las novelas de aventuras explica,

quizás, la juventud de la mayor parte de los lectores del género: les seducen los héroes positivos (Briant, por ejemplo) y se pueden identificar fácilmente.

Así pues, *Dos años de vacaciones* se incluye en la definición que R. L. Stevenson da a la novela de aventuras: «Una puesta en escena de ensueño para cualquier chiquillo».

¡Su opinión nos interesa!
¡Deje un comentario en la página web de su librería en línea,
y comparta sus favoritos en las redes sociales!

PARA IR MÁS ALLÁ

EDICIÓN DE REFERENCIA

- Verne, Julio. 1994. *Dos años de vacaciones*. Traducido por Ana Piedad Jaramillo. Editado por Iván Hernández A. Santa Fe de Bogotá: Editorial Norma.

www.resumenexpress.com

ISBN ebook: 9782806287335

ISBN papel: 9782806287342

Depósito legal: D/2016/12603/635

Cubierta: © Primento

Libro realizado por Primento*, el socio digital de los editores*